김율도 시집

그대에게 가는 의미

서문

이런 사람

사소한 이야기에도 잘 웃는 사람
처음 만나는 사람 앞에서 부끄러워하는 사람
친구가 요리를 해 주면 행복할 것 같다는 사람
미안한 생각이 들면 얼굴을 찡그리는 사람
술 먹다가 필름이 끊긴 적 있는 사람
나이 어린 사람에게도 예의를 지키는 사람
약하고 힘없는 것들을 유심히 보고 손길을 주는 사람
작은 머리띠 하나를 선물 받고도 머릴 자르지 말아야겠
다고 하는 사람
언덕을 오를 때 잡을 수 있도록 팔을 내어주는 사람

_____

_____

_____

　　　　　　　님에게
_____

목차

2부 꿈을 위한 몸부림

1부

그대에게 가는 의미

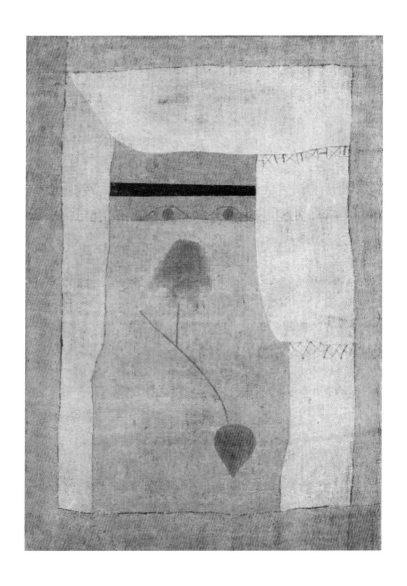

그대에게 가는 의미

내가 숲에 가는 것은
언제 튀어나올지 모를
야생동물을 다 감당한다는 의미

내가 그대에게 가는 것은
언제 화낼지 모르는 그대를
감당한다는 의미
내가 그대에게 가는 것은
그대의 허물을 받아들인다는 의미

사람들이 해충이라 여기는 벌레도
내 몸에 오래 살다보면
어느 순간에는 이롭듯
그대의 치명적인 결점도
나에게 오면
필수비타민이 될 수도 있다는 것

내가 바다에 가는 것은
빠질 수 있다는 위험을 알지만
물과 내가 하나 되어
내가 영원히 물이 되어도 좋다는 의미

나도 모르게 네 곁에

나도 모르게 쳐다본다
네 눈동자 속에 내가 보인다
나도 모르게 말을 건다
그 말은 아무 의미없는 말이다
의미 없는 말에 이끌려 네가 손을 내민다

나도 모르게 시를 쓴다
그 시의 주제는 나고 소재는 너다
나도 모르게 그림을 그린다
그 그림은 네 얼굴이다

바람이 분다
나도 모르게 바람을 막아준다
나도 모르게 네 이름 옆에 내 이름을 쓴다
나도 모르게 세상이 너 하나로 좁아진다

나도 모르게 네 곁에 선다
나도 모르게 네 주변을 맴돈다
나도 모르게 나도 모르게
진짜 나도 모르게 하는 것이
진짜

그대 쪽으로 스러지다

바람 불면 갈대는
바람을 등지고 쓰러진다
그대는 내 등 뒤에 있는데
바람 불지 않아도
나는 그대 쪽으로 쓰러진다

불빛이 환하면 불나비는
불쪽으로 스러진다
불빛이 없는 어둠 속에서
그대의 숨소리 하나만으로
나는 그대 쪽으로 스러진다

살다가 살다가 어느 날 갑자기
커다란 의미를
찾고 싶을 때가 있다

그럴 때면 무심결에
새가 노을 속으로 스러지듯
그대 쪽으로 스러지고 싶다

---

* 스러지다 : 쓰러지다, 와는 다른 뜻으로 형체나 현상 따위가 차차
희미해지면서 없어진다는 뜻.

아프지만 아프지 않아

너를 볼 수 없어 아프지만
언젠간 다시 너를 볼 수 있다고 생각하니
아프지 않아
내 앞에 없다는 것은
다시 내 앞에 나타날 수 있다는 것이기에

너의 차가운 말투에 아프지만
너는 날씨 같아서
다시 봄처럼 따뜻한 햇살이 될 수 있으니
아프지 않아

나는 딱따구리가 가슴을 파먹은 나무
아프지만 그 안에
생명이 살고 있으니
아프지 않아
네 속엔 무엇이 살고 있니?

싫은데 좋아

이상해
싫은데 좋아

네가
갑자기 짜증내며 소리 지를 때는 싫은데
그것은 나에게 더 관심 있다는 뜻이고
자기에게 더 관심 가져 달라는 뜻이라
생각하니 좋아

네가
반대 길로 가버리니 싫은데
따라올 수 있으면 따라오라는 뜻이라
생각하니 좋아
반대로 다시 돌아올 수 있는
가능성이 있으니 좋아
나도 반대로 가서 빙빙 돌아
다시 만날 수 있으니 좋아

네가
어두운 얼굴로 무표정일 때는 싫은데
너는 돌이 아니고 움직이는 꽃이라
햇빛을 만나면 다시 환해질 수 있으니 좋아

꽃을 곁에 두기 위해서

내가 사랑하는
꽃을 활짝 피우기 위해
거름을 많이 주었지만
꽃은 얼굴을 찡그렸다

그것을 내숭으로 여기고
얼마의 시간이 흐른 후
다시 햇빛을 많이 쏘여주었지만
꽃은 몸을 비틀며
저리 가라고 소리 질렀다

나도 그만 지쳐
꽃을 가만히 바라보며
바람이 많이 불 때는 바람막이로
햇빛이 너무 강할 때는 그림자로
서 있었다
그러자 꽃은 먼저 나에게 와
향기를 주었다

절룩이는 모습으로 그대에게 간다

절룩거리는 모습 보여주기 싫었는데
절룩이며 걷다가도 그대가 오면
그 자리에 멈춰서서
아무 일 없었던 듯
그냥 나무처럼 서있고 싶었는데

절룩이는 슬픈 모습
그대 앞에서는 절대 보여주지 않으리라
아, 그대가 나에게 오기만을 기다리다가
기다리다가
이제 내가 먼저 가려한다

절룩이는 모습으로
절룩이는 다리 끌고
넘어지면 기어서라도
넘어지면 나를 일으키지 않아도 좋아
그대 한발작만 나에게 오라
단 한발작만

그대 발 한 번 만져보자

그리움 병 걸린 나무

저 겨울나무가
앙상하게 마른 이유는
누군가를 그리워하다가 지쳐
아무것도 먹지 못했기 때문

그러나
저 겨울나무가
쓰러지지 않는 이유는
봄이 무엇인지 모르지만
하염없이 그냥 견디다보면
다시 꽃피운다는 것을 어렴풋이 들었기 때문

떠난 새는 다시 돌아오는 법을 알기에
기다리는데
사람 마음은 둥그니까
가만히 견디면
봄에 꽃망울 터트리는 것은
겨우내 답답했다는 것을 모두에게
하소연하는 것임을

그대다운 오늘

그대처럼 밥 먹고
그대처럼 잠자고
그대처럼 말하고
그대처럼 생각하는 것
그것보다 소중한 것은 없다

그대가 있기에 세상은 돌아가고
그대가 있기에
세상의 모든 사물이 의미를 갖는다
그대가 처음 태어난 오늘이
1년 중 가장 큰 날
오늘이 바로 나의 명절
그대가 있기에 오늘이 있다

얼음같은 그대에게

너는 왜 나에게 차갑게 대하니?
혹시 내 뜨거움을 식히려고 그러는거니?

맞구나
내가 너무 뜨거워 타죽을까 봐
냉기를 뿜는구나

이제 알았으니
나도 차갑게 대할까
너는 너무 추워 불을 피우겠지
우린 언제나 불이었다가
얼음이었다가 하지
불과 얼음은 만날 수 없으니
잿더미로 만날까
그냥 순간적으로 만나 소멸될까

이젠 네가 불이 될 차례

심장이 쿵

그대가 나에게
심장이 쿵 !
내려앉는 '심쿵'을 주었으니
나도 그대에게 '심쿵'을 주고 싶어요

눈에는 눈
'심쿵'에는 '심쿵'

나에게 '심쿵'을 준 그대가
누구인지
쿵 쿵! 문을 노크하고 싶어요

내 가슴에는 겨울바람이 붑니다
쿵쿵 얼음이 어는데
그대 가슴에 봄바람 불게 만들고 싶어요
그대 향한 계절 뜀뛰기
쿵쿵쿵쿵
빠른 걸음으로 여름이 옵니다

단추 채우기

그대가 나의 단추를
채워주는 것만으로도
마음이 찌르찌르
울린다

첫 단추를 잘못 채웠더라도
다시 바로 채우면서
다시 마음이 쓰르쓰르

처음 만났을 때
마치 첫인사라도 되듯
단추를 하나씩 채워줄 때
황무지 마음을 하나씩
어루만져 주는 것 같다

너와 나의 공통점은?

외롭다는 것
누군가 필요하다는 것

다가가고 싶지만
몸은 안 움직인다는 것

서로 원하고 있다는 것
그러나
별 것 아닌 것 때문에
아닌 척 한다는 것

홍수가 내리면
터져버린다는 것

그리움은 신의 명령

그리움이 지나쳐 병 걸린 사람을 본 적 있나요?
이 그리움을 멈추는 것이 좋을까요?
계속 그리워하는 것이 좋을까요?
아프지 않으려면 그리움을 멈춰야 하는데
아프지 않으면 행복할까요?

내가 아픈 이유는
그대를 위해 내가 해줄 게 있다는 뜻이에요
내 아픔은 시간이 가면 아물겠지만
당신이 아플 때 치료해 주라는 신의 명령이에요
아주 작은 미소와 다정한 말이 치료가 될 수 있어요

자주 이 병에 걸리는 사람을 비난할 수 있나요?
선천적 사람 그리움 도짐병
사람이 사람을 그리워하는 것보다
더 아름다운 것은 없습니다
사람을 그리워하는 것은
사람을 사랑하라는 신의 명령을
충실히 따르는 것입니다

물은 물고기를 따라 흐른다

물고기가 물에서 벗어나면
물고기가 아니다

물에 물고기가 없으면
물은 진정한 물이 아니다

내 속에 네가 없으면
나는 내가 아니다

내 속에서 내 마음의 물결을
일렁이게 하는 이여
그렇다면 너는 물고기
나는 그 물고기를 담는 물

이제 새롭게 고쳐 쓴다
물고기가 물에서 벗어나면
물은 물고기를 따라 흐른다

연리지 連理枝

처음부터 그렇게
붙어 있었다는듯이
우리는 떨어지는 것이 싫었다

뿌리는 제각각
다른 땅에 뻗고 있어도
팔은 서로 붙어
떨어질 수 없다
처음부터 한 몸이었다는 듯이

처음 너와 닿았을 때
화들짝 놀라 밀어냈지만
이제 너를 떼어내려면
내 몸을 잘라야 한다

손맞춤

황홀한 입맞춤은
네 개의 입술이 만나 수천 개의
아름다운 별을 보게 한다

황홀한 손맞춤은
스무 개의 손가락이 만나
수억 개의 입술을 만들고
그 입술들끼리 수천 번
입맞춤을 하게 한다

서로의 손을 꼬옥 쥐는 손맞춤
두 개의 손이 수억 번의 입맞춤을 만들고
아름답게 세상을 수 놓는다

못 갖춘 마디 사랑

사랑도 완벽하게 갖추지 못했을 때
더욱 강렬하고 아름다운 법

이 세상에서 인정받을 수 없는
사랑을 하는 사람들은
얼마나 슬프고 또 아름다울까

불법체류자의 사랑
나이 차이 많이 나는 사랑
남자끼리, 여자끼리 하는 사랑
몸 아픈 사람과 마음 아픈 사람의 사랑

못 갖춘마디 사랑은
못 갖추었기에 더욱 아름답고
사랑은 필연이기에
못 갖추었어도
못 갖추었을 때 밝게 빛난다

아침에 보고도 점심때 또

화분을 하나
방안에 갖다놓으면
아침에 물주고
점심때 또 물주고 싶다

새를 기르다보면
아까 모이를 주었는데 또 주고 싶다

어린 아이를 기르다보면
금방 보았는데 또 보고 싶어진다.

그대여
나를 존재케 하는 그대여
그대는 화분이다
그대는 새다
그대는 어린 아이다
그대를 아침에 보았는데
점심때 또 보고 싶어진다

한 사람을 품어주는 것 밖에는

가슴도 아프고
괴롭고, 즐거운 것은
모두 다 사람 사이의 일

사람과 사람의 관계 때문에
사람이 사람을 못 잊어
사람이 사람을 미워해
그것만 알고 있으면 되지

사람 일이 아니면
이 세상엔 아무 일도 일어나지 않으리라
그것만 알고 있으면 되지

그래도
사람을 사랑하는 것 밖에 없다는 것을
한 사람을 품어주는 것 밖에
없다는 것을

그리움 그리기

오래 그리워하면
그리움을 그릴 수 있다.

그리움은 그릴 수 있어 그리움이다
그리움을 만질 수 있다면 만지움이다
그리움을 들을 수 있다면 들리움이다

그리움은 듣는 것보다 만지는 것보다
그리는 것이 더 그리움답다

그림을 못 그려도
그리움은 누구나 그릴 수 있다

그리운 그림을 그리는 것이 아니고
그리움을 그릴 수 있다

그리움을 그리다보면
그리운 사람이 그림이 된다

물든다는 것

우리는 서로 물들이고 있다

하늘은 푸른빛을
나무에게 물들여
초록이 되었다

나무는 초록빛을
곤충에게 물들이고 있다

곤충의 소리가
나를 물들여
나는 너만 보면
떨린다

너의 미소는
하늘을 푸르게 물들였다

사람이 섬이다

가까이 있으면 안경처럼 외롭고
멀이 있으면 갈매기처럼 외롭다

외로운 섬들은
서로 만나지 못해
바라만 보고 있다

섬에서 섬으로 가려면
배를 타고 가야하는데
너에게 가는 배는
아주 작은 돛단배다

조금만 기다려줘
물살에 떠밀려
너에게 가 닿을 동안

머물지 않고
떠돌아다니는
사람이 섬이다

그대 작은 것만으로도

바람이 나무 앞을 지나가면
나뭇잎이 흔들린다
그대가 내 앞을 지나가면
나는 흔들린다

내가 호수에 돌을 던지면
동그란 파문이 일지만
그대가 나에게 말 한마디 던지면
나는 요동친다

바람이여 돌이여
물방울 하나에
꽃잎이 부르르 떨듯
작은 그대 움직임 하나만으로도
나는 큰 울음 그칠 수 있다
그대 아주 작은 향기만으로도
나는 한 세상을 살아갈 수 있다

자스민 속으로

너의 향기를 맡다보면
나는 냄새에 민감한 개가 된다

너의 머리칼에 코를 박고
냄새를 맡다보면
파리지옥에 떨어진
파리가 된다

냄새를 좇아 너의 몸으로 들어가
나비가 된다

너의 향기 속에서
나는 흔적도 없이 사라진다

1분 30초 동안의 사랑

춤추는 1분 30초 동안은
사랑하는 시간

춤추는 시간엔 미움의 동전을 뒤집어
사랑하는 시간으로
이 세상은 미움보다
사랑이 더 많아야 한다는
생각으로

세상에 영원한 사랑이 없다면
춤추는 짧은 1분 30초를
수백 번 갖는 것이 영원한 사랑인 것을

1분 30초는 사랑하기에 충분한 시간
마음으로 추는 춤은
진정 몸을 아름답게 한다

춤이 끝나면
사랑이 끝나더라도
우리 1분 30초 동안이라도
사랑하는 마음으로 춤을 추면
금빛 아름다운 시간이 되리

그대 얼굴의 땀을

그대 얼굴의 땀을 닦아주리
그대 얼굴의 땀 냄새를 맡으며
내 혀로 그대의 땀을 핥고 싶다

짭짤하고 비릿한 내음이지만
내 몸에 녹아서
내 피가 될 그 땀이 너무 맛있다

그대 얼굴의 땀
그 땀 속에 내 손을 담근다
손이 저려오고
그대 땀이 내 가슴을 싸늘하게 적신다
아려오는 아려오는
다음날 아침까지 아려오는
땀
땀 속의 내 눈물

내 어깨가 안식처가 될 수 있다면

그대 무엇엔가 기댈 곳이 필요하다면
내 어깨가
기댈 곳이 되리라
하루 종일 컴퓨터 앞에 앉아 일하느라
아픈 어깨지만
기꺼이

내 작은 어깨가
한 사람의 마음을 포근하게 했다면
세상을 구한 일만큼
너무 위대한 일

그대 머리칼을 쓸어넘기면 아픔이 전해져온다
그대 아픔을 내 어깨에 모두 올려보면
알 수 있다
가끔은 아픈 어깨도
지친 이의 보금자리가 될 수 있다는 것을

손을 잡는 것만으로도

믿을 수 있는가
입맞춤를 하지 않아도
손을 잡고 있는 것만으로도 황홀하다는 것을

그대의 마음이 내 마음 앞에서
노크를 할 때
햇빛 한줄기 따라 내 마음으로 들어왔을 때
나는 손을 내밀었지

내가 그대를 너무나 밝은 눈빛으로 보았을 때
손을 잡고 있는 것만으로도 황홀하다
행복한 것을 넘어 황홀하다
느낄 수 있는가
단지 손만 잡았는데
온 몸이 섞여있다는 절정감을
그대에게 깊이 깊이 들어가 있다는 감각을

믿을 수 있는가
더욱 큰 황홀감을 느끼기 위해
만나고 싶은 마음을 참고 참고 참았다가
손을 잡으면 키스보다 더 짜릿하다는 것을
손이 정신적 성감대라는 것을

가을의 첫 번째 아침

오늘부터 가을이라고
사랑이 시작된다고
속삭이는 저 나뭇잎

오늘부터 가을이라고
사색이 시작된다고
휘감는 저 바람

가을이 시작되자마자
느낄 수 있는 그대 향기
가을의 첫 번째 아침
가을 내음 가득한 공원
사랑한다고
사랑한다고

플라토닉

배고프면서 배가 아프다
하루 종일
늙는 소리가 들린다
병원에 가서 조직 검사 해보면
아무 이상이 없는데
목이 아프다

친구에게 이야기하니 대뜸
힘들겠다, 한다

나는 안다
아름다운 저 꽃도
벌과 나비를 불러들이기 위해
속으로
죽을 힘을 다해 물을 밀어 올린다는 것을

네가 사랑스러우면

네가 사랑스러우면
늘 늦게 오는 네가 드디어
왔다는 것만으로도 기뻐

잘난 체 하는 너의
잘난 면을 찾아볼 거야
수다가 심한 너의
수다의 끝이 어딘지 갈 수 있어
나를 가르치려는 너의
제자가 될 수 있어
늘 거짓말 하는 너에게
속아주는 척 할 수 있어
말투가 봄과 겨울을 왔다갔다 하는 것을
즐길 수 있어
술 마시고 다른 행동을 보인다면
또 다른 너를 만나는 즐거움이 있어

너를 사....
랑하니까

진달래 속 핑크 마음

처음엔 그대의 손을 사랑했습니다
손에서 손으로 전해지는 따스한 감촉이
그대의 팔과 다리
가슴으로 옮겨지고

입고있는 티셔츠 핑크색을
사랑하게 되었습니다
핑크색만 보면 그대가 생각납니다
그대의 예쁜 핑크 마음을 사랑합니다

손만 잡았을 뿐인데
진달래처럼 따뜻한 핑크마음을 사랑하게 되었습니다
나도 진달래 되어
그대 마음 속으로 들어가 보고 싶습니다

그대가 하루종일 신고다니는
핑크색 구두 되어
그대를 지탱하는
자부심이 되고 싶습니다

그대 마음을 만질 수 있다면

마음에 어두운 우물 하나 품고 사는
그대 마음을 만질 수 있다면
그대 마음에서 물을 길어
그대의 목을 축여주리라

슬픈 거울을 가지고 사는 그대
마음을 만질 수 있다면
그대에게 웃는 얼굴 보여주리라

아, 그대 마음 만질 수 있다면
그대 마음을 주물러
그대 마음을 쓰다듬어
그대 마음을 감싸며
그대를 깊은 평화에 이르게 하리라

꽃이 나를 기른다

꽃을 기르다보면
내가 꽃을 기르는 것이 아니고
꽃이 나를 기르는 것 같다

하루에 한 번 물을 주지 않으면
꽃이 잎을 말며
안타까운 몸짓을 한다

목말라, 목말라, 보채는
그래, 사랑이란 미세함을 알아채는 것

꽃은 나에게 산소를 주고
미소를 주고
나를 숨쉬게 하지만
꽃이 사라지기 전에는 모른다
세상은 언제나 왕복길이라는 것을

처음엔 너를 길들이려 했었다
이제는 네가 나를 길들이고 있다
그래, 사랑이란 누가 누구를 지배하는 것이 아닌
서로 관계 맺는 것

보이지 않아도

아무것도 보이지 않아도
그대의 얼굴을 그릴 수 있다
한없는 바람개비처럼
웃고있는 그대의 얼굴

손끝의 감촉만으로 목소리만으로
그대 얼굴을 그릴 수 있다

보이지 않으면 그림을 그릴 수 없다고
생각하는 사람들이 있다 그러나
입술은 말랐고
텅 빈 가슴이지만
휘감아 꽃피우면 꽃이 피듯 그렇게
그대 얼굴을 똑똑히 그릴 수 있다

어둠 속이지만
사랑을 말하는 것들로부터
나는 배웠다 보이지 않는 사람들로부터
어둠 속에서 나는 배웠다
진정한 사랑은 어둠 속에서도 눈감지 않는다는 것을

사랑 작법

정답은 모릅니다
공식도 없습니다
외울 필요 없습니다
기법을 배우면 배울수록 더욱 어려우니

많이 배우지 말고
깊이 배우지 말고
조금은 단순하게
깊이 생각하지 말고 예측하지 말고

그냥 내 몸이 원하는대로 이끌려 가면
거기 작은 사랑이 기다리고 있을 겁니다

있는 그대로
받아들이면
영원히 빛나네요
사랑의 도안
영롱히 빛나네요
맑은 물의 꿈

사랑조건 파괴

이런 사람을 사랑하게 하소서

공부는 못하더라도
인간성 좋은 사람
키는 작더라도
점프는 잘하는 사람
학력은 부족하더라도
지식은 많은 사람
예쁘지 않더라도
개성이 있는 사람
자동차는 없더라도
어디든 갈 수 있는 사람
무뚝뚝하더라도
유머가 있는 사람
글은 못쓰더라도
다른 표현 방법을 아는 사람
몸은 아프더라도
마음은 기쁜 사람
대머리더라도
친근감 있는 사람
돈은 없더라도
돈 벌 수 있다는 희망이 있는 사람

나는 그대 되고 그대는 내가 되고

나는 그대가 될 수 있고
그대는 내가 될 수 있어요
나는 그대의 인생을 살고
그대는 나의 인생을 살 수 있어요

내가 그대가 되고
그대가 나 되기 위해서는
그대의 일부가
내 것이 되어도 좋고
나의 일부가
그대 것이 되어도 좋아요

그대는 그대의 일을 충실히 하면
내가 될 수 있고
나는 나의 일을 충실히 하면
그대가 될 수 있어요

사람은 가질 수 없는 것

술은 돈 주고 살 수 있지만
사람은 가질 수 없는 것
사람은 언제든 떠날 수 있는데
그것이 항상 정성을 다해야 하는 이유

사람은 구름이다
언제든 모양을 바꾸며 변할 수 있기에
구름을 잡으려면
사진을 찍어 내 마음 속에 저장해야 하는 것

돈을 주고 사람을 사면
더욱 큰 구멍이 커져 내 시간을 삼킨다

그래서 평생 연구하고
끊임없이 실패하면서 배우고
호수에 비친 나를 돌아보는 것이
사람을 항상 곁에 두기 위한 방법

이름 바꿔 부르기

산을 강이라 바꾸어 부르면
산은 강처럼 흘러간다

강을 산이라 바꾸어 부르면
강은 산처럼 우뚝 솟는다

내가 너를 엔젤이라 부르면
너는 엔젤이 된다

내가 너의 별명을 여신이라 부르면
너는 여신이 된다.

부르면 부르는대로 되는
너는 이제 히아신스다

붉은 히아신스의 꽃말을 새긴다
당신의 사랑이 나의 마음에 머문다

사랑을 거절당한 그대에게

꽃을 주어도 안 되고
선물을 주어도 안 되고
고급스러운 식사를 해도 안 되고
칭찬을 해 주어도 안 되고
편지글이나 시를 보내도 안 되고
애원하고 매달려도 안 되고
무엇이 문제일까

바로 너 자신
너 자신이 문제

당당하고 자신있게
유머러스하게
따뜻하게
배려심있게
웃음을 잃지 않고
선물은 진심을 담은 선물인지
식사는 진정 의미 있는 식사인지
상대가 원하는 것이 무엇인지 알고
상대가 원하는 것만 해 주면 먼저 다가온다
사랑하는 시간은 나를 돌아보는 시간

다시 심장은 뛰고

다시 나의 심장을 뛰게 하는 그대
오랜 세월 잊고있었던 두근거림을
다시 느끼게 해준 그대
심호흡 가다듬어도
떨려나오는 목소리
들키기 싫어
침묵하게 만드는 그대

작은 것 주는데 심장이 이렇게 요란하니
할 말이 많아도 짧게 이 한마디 외치게 하는
그대여, 요동치는 심장 소리 한 번 들어보라

다시 살아야겠다고 생각케 하는 그대
다시 시를 쓰게 만드는 그대
너와 나, 우리만 생각하자

복숭아 뼈가 가렵다

너와의 첫 만남은 새 신발처럼
아직 낯설어 상처가 났다
상처는 상처가 그리워
상처가 도망가는 순간 가려워

박박 긁고 싶은데
두려워
상처가 환생하는 것이 두려워
상처 주변만 살살 긁는다

늘 아픈 일 주변만
맴돌며 싸우고 욕하는
우리의 시간

딱지가 떨어져야 새살이 나온다면
기다리리
기다리다 지쳐 미치도록 가려울 때
신발은 자주 만나야 상처가 나지 않는데
우리도 신발처럼
익숙한 얼굴로
한 번의 상처가 있어야 편하고 그리워

버려지는 것들을 위하여

가을이 되어
나무가 잎을 버린다고
사람들이 말할 때
나무는
잎을 땅에게 잠시 맡기는 거라고 생각했다

봄이 되어 나뭇잎이 다시 돋아날 때
나무는 외쳤다
누가 누구를 버리고
누가 누구에게 버려진다는 것인가

사람도 이와 같은 것
사람은 버릴 수도 없고
버림받을 수도 없는 것
잠시 맡겨지는 것마다 인사를 하고
먼지만큼 작은 재도 호호 불면
새로운 아침이 살아올거야

첫사랑

13살
그 여자 아이의 손을 잡고 싶었다
그 여자 아이의 이마에 맺힌
송글송글한 땀이 너무 예뻤다

그 여자 아이와 결혼이라는 것을
생각해 보았다
결혼이 어떤 것인줄 모르면서

그 때 나는 13살이었지만
난 23살 같았다
경험이 없는 어린 아이였지만
이미 많이 살아본 노인 같았다

물건을 좋아하지 않고
사람을 좋아하는 체질이 고통일 줄이야
누구를 그리워한다는 것이 나를 깊은 곳으로
안내해 우주와 먼지를 생각하게 만들었다
학교에서 배우지 않은
스스로 찾은, 스스로 얻은 첫 환희

그 여자 아이를 보기 위해
여자애 집 앞에서 한참동안 앉아있었다

좋아한다고 말을 하면
그 여자애는 사라질 것 같았다
누구에게 말을 하면 부끄러워지는데
그 부끄러움이 어디서 오는 것인지 알지 못했다
왜 사랑은 부끄러운 일인지 배운 적 없지만

그것을 닮은 떨림과 설레임은 이후로도 몇 번 왔지만
나는 너무 고통스러워
언제가부터 머리로 사랑을 하는 사람이 되려는
슬픈 다짐을 했지만
제대로 되지 않았고
이제는 아련한 추억의 떨림만으로
그 빈 공간을 메우고 있다

짝사랑

하루 종일 심장이 두근거린다
밥을 먹지 않아도 배고프지 않다
음악이나 영화를 보면
모두 나의 이야기 같아
세상이 황홀해 보인다

오로지 그 사람만 생각나지만
나에 대해서도 다시 한 번 생각하게 된다
나의 행동과 말을 곱씹어보며
나를 돌아보게 되는 위대한 일
그 사람의 사소한 말이
큰 의미로 다가오는
짝사랑이 상처라고 말하는 사람이 있는데
그리워하는 깊은 골짜기를
그대로 두었기 때문

몇 번 짝사랑을 해 본 사람은
안다

너무 가까이 갔다가
금방 싫어지면
멀리서 떨어져 마음을 된장처럼 삭히며 느끼는 것도

또 다른 기쁨이라는 것을

아픔과 쾌감은 같다는 것을
기다림은 고통이라는 것을
하지만 기다림의 기쁨은 기다린 시간에 비례한다는 것을

짝사랑의 해결책은
포기하는 것이 아니고 힘드니까 잠깐 내려놓는 것
먼 길을 가는 것
옹이가 살이 될 때까지

보지 못했던 또 다른 것이 보이고
시야가 넓어져 마음이 편해지고
집착에서 벗어나 온전히 자신을 볼 수 있다.

이루질 수 없는 사랑은 없다
단지 험난한 사랑만 있을 뿐

사랑은 등산과도 같은 것
산은 움직이지 않고 그 자리에 있지만
사람은 움직인다는 것
그래서 더 배운다
짝사랑을 하면 사람을 배운다

늦사랑

나이 사십만 넘으면
사랑을 잃어버려야 하는 걸까
나이 사십만 넘으면
사랑 없이 사는 것이 당연한 걸까

한평생 가슴 설렘과 어린 아이처럼
기쁨으로 살아가는 저 강아지를 보라
나이 생각하지 않고
하고싶은 것을 한다

나이 들어 사랑하면 부끄러운 일일까
밥은 평생 먹어야 하는 일
공부는 평생 해야할 일
사랑도 평생 해야할 일

나이가 들어도 사람이 사람을 사랑한다는 것
아름다운 일인데
사람들이, 이 세상이 사랑을 막아서고 있다
서로 사랑하지 말자고
언제부터 사랑이 위험한 일이 되었는지
산불보다, 교통사고보다

2부

꿈을 위한 몸부림

꿈을 위한 몸부림

그대 침묵에서 배어나오는
고통을 알고 싶어
그대의 한숨 소리에 묻어있는
마음을 느끼고 싶어

듣고만 있을게
소리 지르고 싶으면 질러
그러나 너의 안을 우물처럼 들여다보면
장작 패듯 패고 싶은 마음 뒤 뜰에
붕대처럼 감싸주고 싶은 마음이 있다는 것을
놓치지 마

장맛비가 내리면 알 것 같아
네가 화내고 핏대 올리는 그 울분의 마음을
듣기만 할게

네가 집시처럼 방황하는 것도
점괘가 안 나오는 점성술사처럼 답답해하는 것도
결국 꿈을 위한 몸부림 아니겠니?
꿈은 네 깊은 동굴 속에서 잠자고
너는 아주 큰 별 하나 품고 있지

꽃과 길

우리는 꽃을 보고
아름답다고 하지만
꽃은 우리에게
아름답다고 한다

우리는 길에게
끝없는 꿈을 가졌다고 하지만
길은 우리에게
무한한 힘을 가졌다고 한다

꽃은 길에서 피는데
길은 끝간데 없고
서로가 서로에게 어깨 기대는
꽃과 길

꽃은 우리에게
아름답다고 하고
길은 우리에게
무한한 힘을 가졌다고 하지만
우리는 모르고 있었다
우리 속에 꽃이 있었다는 것을
우리가 곧 길이라는 것을

나무는 나이테를 세지 않는다

나무는 나이테를 세지 않는다
단지 늘어나는 뱃살로
더 많은 새들을 먹여살릴 뿐
단지 늘어가는 머리칼로
시원한 그늘을 만들어줄 뿐

나무는 나이테를 세지 않는다
단지 사람이 나무의 나이테로 나무를 평가할 뿐
나무는 사람을 나이테로 평가하지 않는다
내쉬는 숨으로 평가할 뿐

나무는 나이테를 세지 않는다
죽는 날이 언제인지 기다리지 않는다

잎을 버리고
잎을 살리는 시기가 언제인지 알기에
나이테가 늘어나도 사람처럼 죽지 않는다
나무는
누군가 자기를 쓰러뜨릴 때
자신의 역사를 보여줄 뿐

가운데 손가락

가운데 손톱 끝의 살을 뜯다가
너무 많이 뜯어 아프다
생인손처럼 조금만 닿아도 아프다

컴퓨터 자판의 엔터를 칠 때 아야!
가운데 손가락으로 친다는 사실을
알았다
그리고 더 많은 사실들
마우스를 누를 때
가운데 손가락으로 누른다는 것
전기 스위치도
가운데 손가락으로 누른다는 것
화장실 물 내릴 때
가운데 손가락으로 내린다는 것

아프기 전에는 알 수 없던 것들
아파보니 알겠다
이런 깨우침도 있지만
욕으로 사용하는 손가락이 때로는
가장 많이 사용하는 손가락이구나

핸드폰을 쓰는 이유

그대가 핸드폰을 쓰는 이유는
혼자 있고 싶기 때문에
혼자 있다가 언제라도
누군가 불러내어 혼자임을
확인하고 싶기 때문에

우리가 핸드폰을 쓰는 이유는
한 집에 살아도 각자의 방에서
살아있음을 증명하고 싶기 때문에
너무 가까이 있기도 싫고
헤어지기도 싫기 때문에

영상폰은 만들지 말았어야 했다
부시시한 얼굴로 누워서 전화하지만
목소리는 맑은 목소리를 내는
위장술을 즐길 수 없잖아

집에 유선전화도 있으면서
핸드폰을 쓰는 이유는
항상 손 안에 꼭 쥐고싶은 것이
필요하기 때문에

방금 헤어졌는데
바로 핸드폰을 하는 이유는
혼자 있고 싶어 하는지
혼자임을 견디지 못하는지
잘 모르기 때문에

너는 누구니

너는 너무 깊고 넓어서
정복되어지지 않네
너는 숨겨둔 신비
일상이 지루해 졌을 때 돌아갈 숲

나는 너를 열심히 하지 않지
영원히 정복하지 못하고
늘 새로워서 신비스러운 너
나는 너를 늘 곁에 두려 하지 않지
늘 곁에 있지만 아무 느낌 없는
한글처럼 될까 두려워

자유자재로 너를 구사하면
그냥 소통 수단이 되고 너를 금새 잊어버려
너랑은 결혼할 수 없지
일상이 되면 아무 느낌이 없으니까

다 정복하지 않고
모르는 부분은 남겨놓을게
너는 영어야

바람은 날개 있는 것만 안아올린다

강물은 물 위에 떠있는
가벼운 것들만 흐르게 하고
바람은 날개 있는 것만 날아오르게 한다

깃털처럼 꽃가루처럼
가볍게 날아오르고
바람에 맡겨 어여쁜
흐느끼고 기쁜
잠자리처럼 잠자리처럼

멀리 또 높이 날고 싶다면
영혼도 육체처럼 다이어트 하자
다시 한 번 어깻죽지를 더듬어 보면
보인다
날개가 퇴화된 자리의 굳은 뼈
언젠가 날았던 기억

추락하는 것은 날개가 있다고
누군가 말했지만
날아오르려면 가벼워야 한다

아주 내성적인 마을

이 마을에 사는 것들은 모두
동굴처럼 내성적이다
같은 말을 반복하고 제 울림을 듣는다
더 내성적인 계곡은
바위와 벌레를 잘 숨기려고 더 깊이
가슴골을 판다

초대하지 않은 태풍이 지나가며 소리친다
목소리 큰 사람이 이겨
툭툭 어깨를 치며 열매를 강탈할 때
수줍은 듯 조용조용 걷는 바람이
이런 거는 아무것도 아니야
절망한 열매 다독이는 사람의 이마를 짚어
땀을 식혀준다 조용히

나무는
멀리 있는 바다를 가져와
머리카락으로 노래를 들려주었다
남아있는 열매들에게
멀리 보는 힘을 가르쳐 주었다
마지막까지 버틸 힘

내성적인 마을에서도 계절에 한 번쯤은
들썩들썩 일어날 때 있는데
너무 기뻐 피눈물 흘리는 단풍
인내심의 부작용인 폭설
쑥과 마늘 먹어 터지는 봄꽃들

이 마을에 사는 모든 것들은 내성적이라
개미들이 꿋꿋하게 집을 찾아가듯
자기가 한 사소한 말도 다 기억한다

내성적인 사람에게

저기 저 사과나무 좀 봐
수줍은 듯 많은 열매를 매달고 있어
바람이 지나가니
빨갛게 얼굴 붉히고
사람 앞에 서니
부르르 부르르 떨고 있어

그렇게 태어났는데 어떻게 해
얼굴 바꾸고 싶지는 않아
경망스럽게 날뛰다가
덫에 걸리는 시궁쥐보다 낫지

부끄러울 때는 부끄러워하는 것이
태풍 앞에 맞서는 방패가 아닐까

생각이 하늘처럼 깊어지다가
사소한 것을 놓치지 않는 햇빛을 친구 삼는
난 빨간 예술가야

사과나무 앞에
저기 저 내성적인 우물을 봐
퍼내도 퍼내도 마르지 않는 물을 가지고 있어

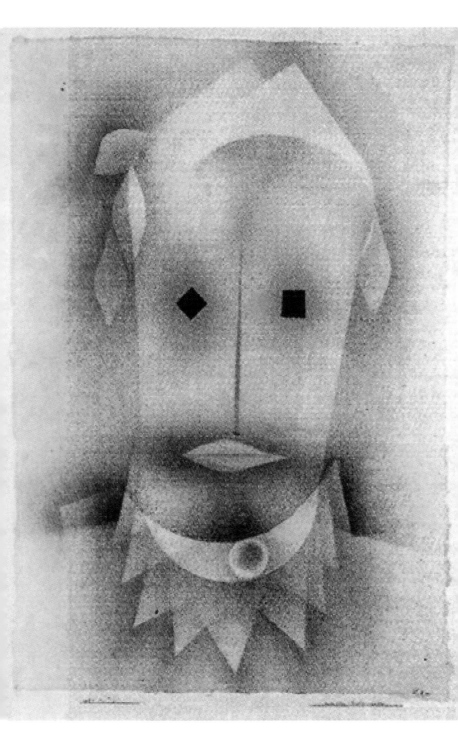

너는 강

강의 흐름을
내 마음대로 바꾸려고 하면
강은 눈물 흘린다

강의 눈물을 닦아주려면
아주 큰 손수건이 필요하다
그 손수건은 지상에서 팔지 않는다

강물이 빗물 될 때까지

나는 물방울 하나에도
익사할 것 같아
너의 한숨 소리에도
온몸이 휘청거리고
가끔 내 이름을 잊어버리면
별빛이 내 이름을 가르쳐주지

나는 길에서
패랭이꽃을 발견하고는
떠나지 못해
나의 모습을 닮았기에

한순간을 방심하면 햇빛에
타버리는 나는
강물이 빗물 될 때까지
패랭이꽃으로 피어있으리

저것 봐 저것
소나기가 지나갔어도
머리 꼿꼿이 펴고 서있는 패랭이 꽃을

마중물처럼

펌프질 할 때
처음에 마중물을 조금 넣고 펌프질해야
물이 올라오는 이유는
마중이 고마워
물이 물을 부르기 때문에

사랑을 얻고 싶을 때
처음에 먼저 사랑을 마중 보내야
사랑이 오는 이유는
먼저 나서기 어려워
그도 사실은 기다리고 있었기 때문에

화해를 하고 싶을 때
처음에 먼저 웃음을 마중 보내야
화해가 오는 이유는
그도 먼저 손 내밀지 못한 것이 미안해
주저하면서 기다리고 있었기 때문에

무엇을 얻고 싶을 때는
마중물처럼
무엇을 하고싶을 때는
마중물처럼

멀리 있어도

지구 반대편에 독재자가 있다고 해서
나와 무슨 상관이란 말인가
지구 반대편에서 무서운 폭동이 일어났다고 해서
나와 무슨 상관이란 말인가

하지만
북극의 얼음이 녹자
기상청의 날씨가 자꾸 빗나갔다

중동에서 전쟁이 일어나자
청년들이 멀리 떠났다

지구 반대편에서 나비가 날자
폭풍이 몰려왔다

지구의 강물은 바다와 이어져
하나로 연결되어 5장 6부를 다스린다
우리는 같은 몸에 사는 같은 미생물이다

지구 반대편에서 네가 울면
내 귀가 아프다
우리는 멀리 있어도 하나처럼

소나기를 피하지 마라

소나기 내리면 피하지 마라
언제 이렇게 강렬한
울림을 만나보겠느냐

한꺼번에 슬픔소나기가 지나간다
한꺼번에 기쁨소나기가 지나간다

한꺼번에 감정의 소나기가 지나가면
세상은 평안하다

네 마음에 눈물의 소나기를 뿌려라
네 마음에 웃음의 소나기를 내려라

흠뻑 젖은 마음의 곤충
흠뻑 젖은 몸의 꽃잎

깊이깊이 적시는 소나기를 피하지 마라
지나가는 소나기 찾아 맞아라

자리 찾기

그대 자리가 어디인지
찾는 것만으로도
그대는 생의 할 일을 다했다

이미 사람들로 자리는 다 차서
빈자리 찾기는 쉽지 않다

갑자기 들어온 어두운 극장 안에서
사물을 잘 보려면 한참 걸리고
그 동안 넘어져
무릎이라도 깨지지 않으면 다행이다

그대 자리가 없다고 하지는 말라
늦게 오더라도 사람들은
자리 하나는 남겨놓는다
어딘가 꼭 빈자리 하나는 남아있다

남들이 잘 앉지 않는
빈자리일지라도
사람들이 몰리는 곳에 자리잡지 못했더라도
실망하지는 마라
명당자리는 잘 발견되지 않는 법이다

버스 안에서

버스를 타고 갈 때는
옆을 보라
간판 읽는 것이 재미있고
가게마다 사람들이 들어가 있는 모습이
인형같다

사람이 바글바글한 미용실
파리 날리는 미용실
다르게 꾸며놓았다

거리만 멀뚱히 쳐다보는 가게주인
사람들로 바쁜 가게
왜 이리 다를까?

자기 옆을 못보고 앞만 보기 때문일까
지금 오토바이 가게에서
기름 묻은 옷 입고 주인이
고장난 오토바이를 열심히 발로
시동을 걸고 있다.
버스를 탈 때는 옆을 보라

앞을 보면 남의 뒤통수밖에 안 보인다

어느 하나에 매달리기

내가 나 같지 않은
가라앉는 우울한 날엔
어느 하나에 매달리기
나의 우울을 그에게
조금만 이사시키기

머리가 아프고 몸이 저릴 때
찍찍 껌 씹듯이

도피처를 찾고 싶다면
우울의 끝은 어디인지 찾아가 볼까
햇빛 아래 발가벗고 나를 맡겨 볼까
마음의 옷을 벗고

서울이 우울하고 세계가 우울하더라도
밖에 서있는 한 사람에게
동물에게, 식물에게, 혹은 사람에게
매달리기

끝내고 싶을수록
애걸복걸

나를 찾아서

창문을 열어라 햇빛을 마시고
동물을 사랑하라
사람은 오래 전부터 동물이었다

중얼거려라
나를 찾아야지 나를 매질해야지
비를 기다려야지
기다려야지, 낙엽, 눈, 꽃

그대가 베고 누운 풀잎같은 세상
찢어도 찢어지지 않아
청순할수록 날카로운 풀잎의 칼날 위에
맑은 피가 튀는 세상

불을 만진 손으로 물을 만질 것
바람 부는 저녁 나부낄 것
손가락처럼, 머리칼처럼 온통 찢어질 듯
아득한 미래를 곱게 꿈꾸므로
몸뚱이를 정신에 맡길 것

얼굴 바꾸지 말았으면 좋겠어
가라앉았으면

아름다운 세상은 늘 뒷 뜰을 거쳐 찾아오느니
가장 높이 나는 새에게 던져보는 마음
유리처럼 닦여 있을 일

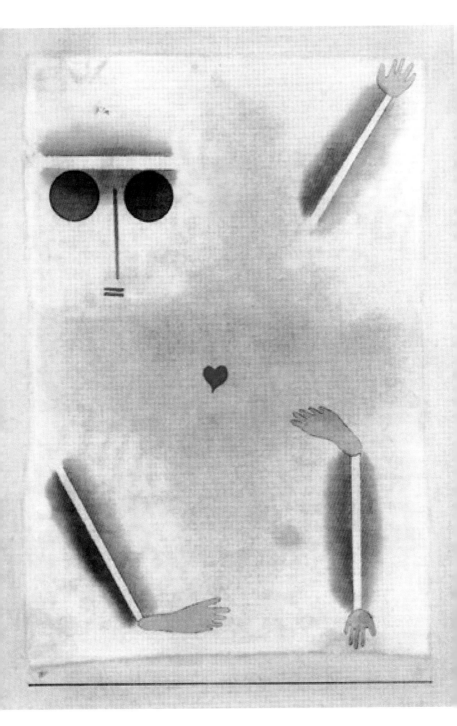

숨은 그림 찾기

1. 나의 얼굴 찾기

내 얼굴을 잊어버려서
나를 찾아 나서면
나는 나타나지 않고
엉뚱하게도 질투가 나온다

나를 사랑해줄 사람을 찾으면
나타나지 않고
못생긴 나의 얼굴이 나오지만
그 얼굴을 사랑하면
절벽에 핀 꽃이 나타난다

거울 속에서는 그대를 찾을 수 없다
그대는 잠시 남에게 눈을 돌릴 때
어느 범인의 몽타주에서
어느 영화의 단역배우에서
통속한 잡지의 표지에서
그대를 찾을 수 있다

2. 친구 찾기

꼭꼭 숨어 나를 놀리는 친구
나는 너를 찾고 있다
어디 있는지 말해 주렴
인기척이라도

공부하다 남는 시간에 너를 찾아다니고
운동하다 남는 시간에 너를 찾아다닌다
너를 찾기 위하여
세계를 돌아다니라고 한다면 다니겠다

어차피 우리는 유목민을
그리워하는 농경민
진리를 찾을 때는 돌아다녀야 한다

3. 황금 찾기

그는 황금을 찾았으나
한 가지 찾지 못한 것이 있다
영원히 사는 묘약
그것은 아무도 찾지 못하여
죽기 직전에 더 찾아야 할 것은
그 묘비명에 새길 영원히 남을 말

그 말은
아주 큰 도서관의 어느 깊은 책갈피 속에

숨어있다

4. 희망 찾기

누군가 그려놓은 아름다운 풍경 속에서
더럽고, 어렵고, 위험한 것을 찾는다
예기치 않은 곳에서 새가 날아오르듯이
뜻하지 않은 곳에
비상구가 있다

잡초 속에서 나오는 네잎클로버 하나처럼
아름다운 한 폭의 풍경 속에서
말똥구리는 열심히
말똥을 굴리고 있다

숨은 의미를 찾듯이
숨어있는 희망은
숲 속에 난 작은 길에서
숨바꼭질을 즐긴다

5. 기쁨 찾기

문을 열면 바람이 보이지 않게 분다

어두운 곳

끊어진 꿈만이 가득한 거리에서
사람의 슬픔이 창문 밖 멀리
지붕 위에서 어깨를 들썩인다

그 뒤에서
기쁨은 항상 슬픔 뒤에서
수줍게 찾아온다
전설의 가시나무새야
아름다운 피를 토하며 쓰러져라
비로소 두 번째로 기쁨이 샘물처럼
터져나온다

6. 삶의 의미 찾기

인생이란
김치 맛을 내는 고추
하루에 한 번 이상 사용하는 빗
외출할 때 함께하는 신발같은 것

기쁨이란
순간적으로 터지는 풍선껌을
사진으로 찍어두는 것

때 묻은 것들이 때로는 더 환하다
밥은 왜 날마다 먹는지 모를 때,

오래된 밥그릇이 눈물 핑 돌게 한다
자화상 그리다 지루하면
옛날 앨범 찾아보기

그렇다, 어느 날 문득 그대의 일,
아주 작은 것 때문에 살아가기 시작한다

7. 행복 찾기

비록 세상의 구석에서
이름 없이 살지라도
함부로 남의 등 찌르지 않는다면
오래 잊고 있었던 사람에게서
따뜻한 서신이 오고

계절이 바뀌어 실눈을 뜨고 바라보면
미세한 것을 볼 수 있다
일출 시간이 점점 빨라지는 것이 보이고
이 겨울 추운 것은
따스함이 무엇인지 알게 하려는
신의 장난인 것도 보이고
행복은 꼭 뒷꿈치를 들고
조용히 걸어오는 것도 보인다

8. 아주 큰 힘 찾기

늘 무엇을 잃어버리며 산다
지갑을 잃어버리고도
오전 내내
무엇을 잃어 버렸는지조차 모르고
신문을 읽지만 아무 것도 찾지 못 한다

어떤 이는 자존심을 찾다가
애인을 잃어버리고
어떤 이는 왕관을 찾다가
훈장을 잃어버리고

그러나 밝혀낼 수 있다
삶을 지탱해 주는 것은
못난 나를 지우지 않는 것을

누구나 한 가지씩은 다 찾는다
진정으로 찾은 사람은
자기가 찾은 것에 큰 느낌표를 찍는 사람이다

9. 성공 찾기

꽃밭에서
장미꽃을 찾기는 어렵다
꽃밭에는 꽃이 너무 많기에

장미꽃을 찾으려면
어느 집 한적한 울타리에 가보라

한적한 길가에 핀 장미는
나 혼자만의 것
꽃들이 모여 있는 곳에 가면
꽃의 아우성에
꽃은 더 이상 꽃이 아니다

10. 애인 찾기

어디선가 꼭꼭 숨어 있는 나의 애인아
어디 있는지 말해 주렴
가만히 앉아서 기다릴 수만은 없다

공부하다 남는 시간에 너를 찾아다니고
일하다 남는 시간에 너를 찾아다닌다
너를 찾기 위하여
세계를 돌아다니라고 한다면 다니겠다

어차피 우리는 돌아다니는 삶
진리를 찾을 때는 돌아다녀야 한다
애인을 찾을 때도 돌아다녀야 한다

하루라는 이름의 다도해

오늘은 어떤 섬에 상륙할까
바위섬일까, 모래섬일까
날마다 새로운 섬이기에
낯 선 짐승에 쫓기더라도
지치지 않는다

다도해에 섬이 몇 개인지 세어보고
그 섬에 무엇이 사는지 알아보고
지도를 그리는 것이 나의 임무다

어떤 이는
거친 바위섬이 너무 많다고 하는데
즐거운 섬도 있다
섬의 하루를 잘 매듭짓고 언덕에 올라보면
내가 탐험했던 그 많은 섬들이
아름다운 모습으로 떠오른다

하루를 접으며
섬은 섬을 포개 육지가 되고
하루는 너무 커서
지도에 다 안 들어간다

이름 쓰기

바닷물은 해변에 쓴
나의 이름을
지우네 지워도
나는 또 쓰네
나의 좌우명을

또 다시 바닷물이
나를 마구 지운다 해도
나는 쓸 뿐이야
더 아름답고 울창하게

쓰고 지우면서
생은 끝날지 모르지만
바닷물이 포기할 때까지
누구에게도 대신 해달라고 하지 않아
나는 쓰네
나의 역사를

다친다는 것

살다보면
넘어지지도 않았는데
돌이 날아와 머리를 깨는 일이 있지

오히려 넘어지면
기껏 무릎 정도 벗겨져
웃음만 나오지

한 번 다쳐본 사람은
다치는 것에 대해 아주 잘 알지

다치는 것은 갑옷을 입는 것
다칠수록 살은 더 딱딱해져
모험을 떠나지 않으면
붙박이 침대가 되어버리지

다칠 땐 아프지만
상처는 불이 되고 꽃이 되고
타버린 자리의 검은 재는
새로 피어나는 꽃의 다리가 되지

방청소, 마음 청소

방청소를 하다보면
잃어버려 포기했던
귀한 물건들이 나온다

방청소를 하듯 마음청소를 하면
언제부턴가 잃어버렸던
소중한 것들이 나온다

청소를 하다보면
버려야 할 것과
버리지 말아야 할 것이 무엇인지
모를 때가 있다

그럴 때는 오직 하나
오직 하나만 남겨라
다른 것은 책상에 고이 간직하라

잃어버린 것을 찾고 싶을 때는
버릴 것이 무엇인지 알고 싶을 때는
방청소, 마음 청소를 해보라

슬픔은 찰흙이다

슬픔을 모형으로 만든다면
어떤 모형일까
타원일까 삼각형일까 사각형일까
어쨌든 슬픔은 타원이 아니다
어느 곳에서 바라보아도 모양이 같은
타원은 아니다

휠체어 탄 사람이
슬퍼해야 한다면
걸어다니는 사람들은 왜 슬플까

슬픔은 찰흙이다
슬픔은 언제든
모양을 바꿀 수 있는 찰흙이다
슬픔은
물로 적당히 반죽해야
잘 만들어진다

지금은 공부 중

컴퓨터 게임을 하는 아이나 어른들은
지금 공부중이다
학교에서 가르쳐주지 않는
순발력과 판단력을 기르는 공부 중이다

집나간 아이나 어른들은
지금 공부중이다
집이 없는 사람들의 마음을 배워보고
세상에서 홀로 있는 것을 배워보려고
예수처럼 부처처럼 고통을 달관하려고
공부중이다

싸우는 사람들은
지금 공부중이다
적당한 싸움으로 체력을 기르고
내가 아파봐야 남도 아프다는 것을
깨닫는 공부중이다

연애하는 사람들은
지금 공부중이다
심리학, 자기표현법, 성교육 실습으로
사랑받는 방법과 사랑하는 방법을

공부중이다

춤추는 사람들은
지금 공부중이다
몸의 격렬한 동작이 억눌린 감정을
풀어준다는 심리학, 생체학을
공부중이다

인생은 거대한 학교라
우리가 살고 있는 동안이 곧 공부시간이다
지금은 몇 교시이고 무슨 과목인지는
아무도 가르쳐 주지 않으니
스스로 알아야 하는 것은 과제

꿈은 알맞게

꿈이 큰 사람은 절망도 크지
발이 큰 사람이 신발도 크듯
꿈이 크면 꿈을 이루지 못했을 때
충격도 크지

꿈이 너무 크면
새치기, 딴지 걸기를 매일 하지
새치기 하면 제일 뒤로 밀려나고
딴지 걸면 너도 넘어지지

사람은 꿈을 먹고 사는 동물이지만
체하지 않게, 허기지지 않게
알맞게 먹어야 하지
꿈이 너무 크면 거대한 꿈에 압사하고
우리는 자주 꿈에 채여 넘어지지

가난하지만 행복하게 사는 법

가난하지만 행복하게 사는 법은
아프리카의 동물과
아메리카의 식물을 바라보는 일
그것을 시로 적어보는 일

가난한 저 독수리
행복한 저 독수리
잡은 먹이를
남과 비교하지 않는다
답답할 땐 상승기류를 타고
이 동네가 이렇게 넓구나

가난한 저 제라늄
행복한 저 제라늄
사람의 설사를 치료하며 생을 마치지만
자신은 설사하지 않는다

부끄러움 학교

가로등은 부끄러워
밤에만 주위를 비추고 자신은
숨는다
마네킹은 사람들 앞에 서면
부끄럽다고 한다

철조망은
부끄러운 짓을 했으면서도
몸에 가시를 박아
자기 탓이 아니라고 한다

철조망을 보면 내가 부끄러워지는데
부끄러움 학교에 가자

부끄러움 학교에서 만나는 친구들
진짜 부끄러움이 무엇인지 알면
부끄러울 때는 당당히
부끄러워하리

소걸음

내가 걷는 이 길은 디딜수록
더욱 거친 길이지만
신작로까지 뻗어진 길 따라
지친 몸 끌고간다

포기하고 싶을 때
아는 이는 다 안다
고통이 크면 고통이 아니라는 걸

오늘도 마시는 물 오늘도 걷는 길
넘어질 걸 알면서도
일어나 다시 걷는 길
허리 어깨 짐을 가득 싣고 가는 길
고단하기 때문에 살아가고 있지

푸시킨의 '삶'을 다시 읽자

삶이 그대를 속일 때
화내지 않으면 그대는 바보
아니면 성자다
그대는 왜 삶이 나를 속였나를 생각하라
내가 삶을 속인 것인지
삶이 나를 속인 것인지
이도 저도 아니면 서로 속인 것인지
지금은 삶이 나를 속였을지라도
나중에는 그럴 리 없겠지
이렇게 생각하라
그것만은 맞다
꿈은 항상 미래에 있는 것
푸시킨의 이 말만은 맞다

탄생과 죽음

태어날 때는
여자 한 명의 배만 아프면 되지만
죽을 때는
수백 명, 수천 명, 수만 명, 수천만 명의 마음이
아플 수 있다

나는 죽을 때
몇 명의 마음을 아프게 할 것인가
이것도 삶의 목표가
될 수 있을까, 없을까

어떻게 죽을 것인가

학교에서 수학, 영어는
너무 많이 배우지만
죽는 방법을 가르쳐 주지 않는다
살아가는 방법은
그렇게 많이 가르치면서
왜 죽는 방법은
가르쳐 주지 않는 걸까?

어떤 죽음이 가치있는 죽음일까
구호를 외치며 분신하는 죽음?
남을 구하며 죽는 살신성인?
성실한 삶을 마치는 조용한 죽음?
위대한 예술작품을 남기고 가는 천재의 죽음?
모두 다

죽음이 올 때까지
살아있으면 되는 것이 아니라
진정한 죽음을 위해
오늘도 살아가는 것이다

올바로 죽는 법을 배운다면
올바로 살아가게 되느니

걱정이 많아 걱정인데

비가 올 것 같다 큰일이다 어떡하지
우산을 받으면 되지
비에 젖으면 어떡하지
말리면 되지

숙제를 안했는데 어떡하지
스스로 반성하고
다음에 더 열심히 하면 되지

밤거리가 무서운데 어떡하지
호신술을 배우거나
호신용 기구를 가지고 다니면 되지
그래도 무서우면
무섭다는 생각을 안하면 되지

걱정이 많아 걱정인데 어떡하지
내일 걱정은 내일하면 되지

거울에게 물어보기

거울 속의 나는 웃고 있는데
내 마음은 왜 울고 있을까

거울이 거짓말을 하고 있는걸까
내 마음이 연극하는 걸까
거울아 거울아
무엇을 비추어야 제대로 보여줄래

너도 네 얼굴을 깨고 싶지?
믿을 수 없다
거울을 만든 사람
거울 뒤에 숨은 사람
누굴까

거울 속의 나는 울고 있는데
그 모습이 왜 이리 아름답지

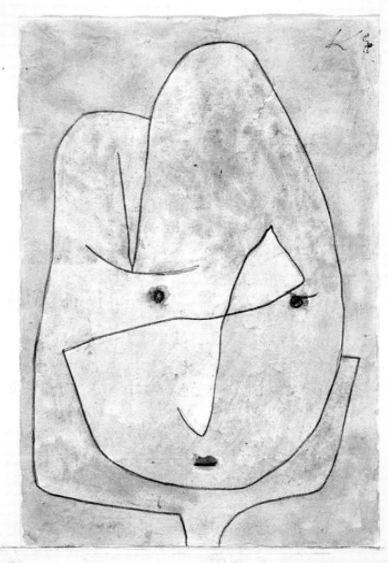

1939 EN 20 Diese Blüte will verwelken

넘어지면 일어나는 들풀처럼

나는
넘어지면
일어나는 들풀처럼

항상 준비하고 있다
넘어질 거라는 사실을
알고있다

그래서
나는 생각한다
일어나는 것은 본능이다
사랑하는 것이 본능이듯
넘어지면 일어나는
들풀처럼

갑상선 항진증

몸이 뜨겁다
내 몸이 뜨거우면 왜
정신까지 아득해야 할까
내 뜨거움 하나누구에게 전달하지 못하고

해마다 몸살감기에 걸려
부르르 떠는 저 사시나무처럼
봄을 기다리는 마음
땅 속에서 뜨겁게 뻗어가는 뿌리

그렇게
뜨거워서 아픈
아파서 황홀한
내밀한 열정의 소리
나는 누구에게 뜨거운 사람이 될까

패배한 사람에게 주는 말

네가 주먹을 내밀면
어둠은 커다란 손바닥으로 네 눈을 가리고
네가 가위로 어둠의 손바닥을 자르면
어둠은 주먹으로 네 뒤통수를 친다

다시 네가 손바닥으로 어둠의 뺨을 갈기면
어둠은 두 손가락으로 네 목을 조른다
네 목이 졸리우다가 숨이 끊어질 찰라, 무심결에
너는 주먹을 뻗었는데
어둠의 얼굴을 쳤다

우리 모두는 그렇게
끊임없이 패배하면서 다시 승리하고
우리는 패배도 하고 승리도 한다

너의 적은 바로 너 자신이다
너의 스승은 바로 너 자신이다

육체에 매달린 영혼들은

생의 강물은 언제나 앞에서만 흐르고
나룻배로 이 강을 건너면 느끼리라
이 강이 얼마나 깊고 넓은가를
그래도 건너갈만한 강이라는 것을

배가 늦게 오면
우리는 좀 더 기다릴 줄도 안다
저마다 책을 끼고
한 구절씩 삶의 진리를 외우다가
발을 헛디뎌 물에 빠지기도 하고
젖은 옷을 말리면서
우리는 조금씩 성장하는 것을

목마르면 물 한 잔으로
세상은 목마름을 씻어내고
지금 육지에는 화사하게 핀 풀꽃, 들꽃
저 숲에서는 또
어떤 이름의 꽃이
우리를 환영해 줄까

나에게는 두 얼굴이 있네

욕망에 맞추어 내미는 두 얼굴
시인과 광인
예술과 돈
사랑과 증오

누구나 두 얼굴이 있네
시간에 맞추어
낮에는 숙녀 밤에는 요부
낮에는 학자 밤에는 호색한

시간에 맞추어 얼굴을 내밀어야지
낮에는 호색한 밤에는 학자면
손가락질 하지 추방되지
선구자가 되려면
까발려도 되지만
그럴 자신 없으면
시간에 맞추어 얼굴을 내밀어야 하지

누구나 두 얼굴을 가졌으니
부끄러워하지 말지니

가을 감기

추석 지나면 반드시
가을이라는 단어가 탄생한다
제일 먼저 감기가 노크한다
내 이름 불렀어요?
난 열어준 적 없는데
틈을 비집고 기습한다

내 몸 속에 환절기 감지기가 들어있나
매년 생일처럼 찾아오는 가을감기에
얻어맞고 나면
술 안 먹어도 술 취한듯

눈물, 콧물 흘리고
슬픈 일도 없는데 훌쩍대니
감기는 몸을 먼저 뺐고
마음을 침투한다

욕망으로 꽉 찬 마음을 텅 비워내고 싶은 가을이지만
이 가을은 나의 몸을 폭행해
일하다 쉬고 자기를 느껴보라고 협박한다.
그러나 신고할 수 없는 일

마음 속 댐 하나

마음 속에 댐 하나
갖고 싶다
폭우가 쏟아져 폭발할 때
감정의 수문을 열어
조절하는 댐 하나

마음 속에 갖고 싶다
건조하고 메마를 때
촉촉히 땅을 적실 댐 하나
흘러내리는 물의 힘으로
느낌을 발전하는 댐 하나

그러나
너무 많은 댐은 세우지 않으리
내밀한 아픔을 쓸어가는
너무 많은 댐은
세우지 않으리

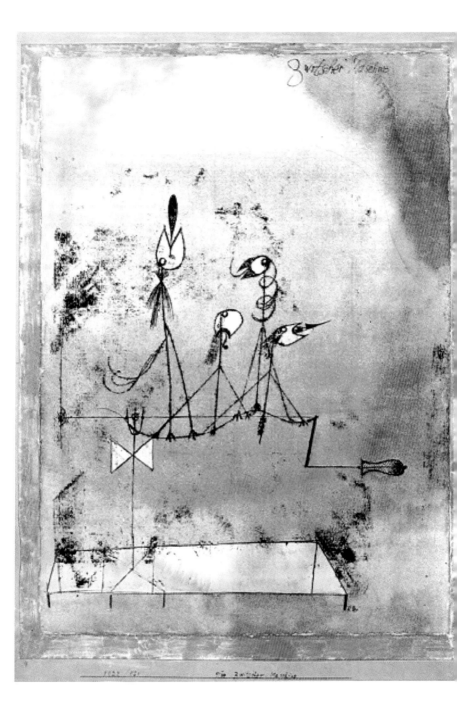

나는 베르테르는 알지만 베르테르 효과는 모른다

베르테르의 애인 로테의 성품은 어떤가?
베르테르와 로테는 어떤 일로 처음 만나게 되나?
베르테르가 죽으면서 함께 묻어 달라고 부탁한 것은
무엇인가?

이 물음에 답을 할 수 없다면
그대는 죽지마라
그래도 죽고 싶다면
유서를 100장 쓰고 죽으라
유서를 쓰는 동안 글이 그대를 구원하는지 보라

그래도 죽고 싶으면
죽기 전에 100명을 만나라
'나 자살하고 싶은데 어떻게 생각해?'
죽는 문제에 있어서는 너에게 물어보지 말고
타인에게 물어보라

누구를 따라죽는다는 것은
자존심 상하는 일이다
최소한 너의 효과를 만들어야 하지 않는가

버려진 저 돌멩이 속에는

길가에 아무렇게나 버려진
저 돌멩이 속에는
사람들이 버린 사랑이
가만히 숨 쉬고 있을 것 같다

아무렇게나 흘러가는
강바닥 저 깊은 곳에는
나를 필요로 하는 사람이
나를 기다리고 있을 것 같다

아무렇게나 피어있는
저 꽃 한 송이 속에
우리가 놓치고 살아가는
아름다운 삶의 향기가 있을 것 같다

아무렇게나 버려진 것 속에서
진정 찾아야 할 것을 찾다보면
나 자신도 아름다워질 거 같다

살아있는 것은 대단한 사건

병원에서 차례를 기다리는 수많은 환자들이
진열된 동물들처럼 보여 오싹오싹
시장바닥처럼 떠들썩하고 복잡한 병원은 전투 현장
살려고 사람들이 저렇게 전투를 하고 있구나

병원은 한적한 병원이 좋다
마음의 여유가 있어야 병도 낫는 것

림프샘이니 처음 들어보는 몸의 부위를 보고
우리 몸이 이렇게 복잡하여
중요한 부위가 수백군데 되는데
한 군데라도 아프면 죽을 수도 있는데
살아 움직인다는 것 자체가 대단한 일

방광이 막혀 오줌을 싸지 못해도 죽는데
오늘 오줌을 잘 눈다는 것 하나만으로도 대단한 일

매일매일 대단한 일이
몸의 우주 안에서 벌어지니
윤동주처럼
오늘 주어진 삶을 즐겁게 살아야겠다

화내지 않는 연습

연습 할 것도 많은데
굳이 화내지 않는 연습을 해야하나?
사랑 연습
미워하는 연습
이런 것들도 바빠서 못하는데

화내지 않는 것이 연습으로 가능할까
억지로 참으면 병이 생기는데

슬플 땐 슬피 울고
기쁠 땐 기뻐하고
화가 날 땐 적절히 풀어야 하네

감정을 조절하는 연습이라면 모르겠다
화내지 않는 연습
이 말을 이렇게 고쳐볼까

좋게 화내는 연습

그대에게 가는 의미

지 은 이 김율도
펴 낸 이 김홍열
기   획 김기하
디 자 인 김예나
영   업 윤덕순

초판발행 2019년 8월 10일
펴 낸 곳 율도국
주   소 서울시 도봉구 도봉동 609-32 (3층)
출판등록 2008년 07월 31일
전   화 02) 3297-2027
팩   스 0505-868-6565
홈페이지 http://cafe.naver.com/uldo
메   일 uldokim@hanmail.net
I S B N   9791187911418 03810

이 책은 문화체육관광부, 한국장애인문화예술원의 후원을 받아
2019년 장애인 문화예술 지원사업의 일환으로 발간되었습니다.